Vente des 27, 28, 29 et 30 Mai 1868

BELLE COLLECTION

D'OBJETS D'ART

DE CURIOSITÉ

ET

D'AMEUBLEMENT

Provenant du château de S***

EXPOSITIONS
{ PARTICULIÈRE, le Lundi 25 Mai 1868
{ PUBLIQUE, le Mardi 26 Mai 1868

M* CHARLES PILLET,
COMMISSAIRE-PRISEUR

M. CHARLES MANNHEIM
EXPERT

1868

CATALOGUE

D'UNE TRÈS-BELLE COLLECTION

D'OBJETS D'ART

DE CURIOSITÉ & D'AMEUBLEMENT

Armes anciennes occidentales et orientales ;
Beau Coffre en cristal de roche ; Sculptures en bois et en ivoire ;
Grès de Flandres ; Verrerie ;
Beau Service de table en ancienne porcelaine de Berlin ;
Très-belles Boiseries sculptées provenant de l'hôtel de ville de Berne ;
Frises peintes par D. Riccio dit *le Brusasorci* ;
Grands Meubles en bois sculpté ; Cabinets italiens et autres ;
Très-grand Régulateur et autres Meubles du temps de Louis XV ;
Magnifique Horloge du XVIᵉ siècle en cuivre doré ;
Glaces avec cadres en bois sculpté de travail italien ; Quantité d'Objets variés ;
Bassins en cuivre incrusté ; Objets orientaux ;
TRÈS-BELLES TAPISSERIES DES GOBELINS
et autres.

Le tout provenant du château de S***

ET DONT LA VENTE AURA LIEU

HOTEL DROUOT, Salle N° 1

Les Mercredi 27, Jeudi 28, Vendredi 29 et Samedi 30 Mai 1868

A UNE HEURE ET DEMIE PRÉCISE.

Par le ministère de Mᵉ CHARLES PILLET, Commissaire-Priseur,
10, rue Grange-Batelière,

Assisté de M. CHARLES MANNHEIM, Expert, 7, rue Saint-Georges,

Chez lesquels se distribue le présent Catalogue.

EXPOSITIONS
{
PARTICULIÈRE : le Lundi 25 Mai 1868,
PUBLIQUE : le Mardi 26 Mai 1868,
}

DE UNE HEURE A CINQ HEURES.

CONDITIONS DE LA VENTE

Elle sera faite au comptant.

Les acquéreurs payeront *cinq pour cent* en sus des enchères.

L'exposition mettant le public à même de se rendre compte de l'état des objets, il ne sera admis aucune réclamation une fois l'adjudication prononcée.

---

331. Paris. Imprimerie de Pillet fils aîné, rue des Grands-Augustins, 5.

DÉSIGNATION DES OBJETS

Horlogerie

1 — Grande et très-belle pendule allemande du XVIe siècle, de forme carrée et à clochetons, en cuivre ciselé et doré.

Elle présente sur chacune de ses faces des cadrans marquant les heures, les phases de lune, etc., dont plusieurs sont décorés en émaux translucides sur argent.

La partie supérieure de la pièce présente un dôme supportant une figure d'Atlas et couvrant deux figures d'hommes automates frappant les heures.

Autour de ce pavillon circulent à chaque heure deux rangs de figurines d'enfants dans diverses attitudes.

Cette pièce remarquable est enrichie dans toutes ses parties de fines ciselures et repose sur quatre pieds formés par des syrènes ailées.

Elle fut offerte par le roi de Hongrie, Mathias Corvinus, à l'empereur Rodolphe II, et provient de la collection du feu comte de Festeties.

2 — Petite horloge de forme circulaire, reposant sur un piédouche à nœud et surmontée d'un clocheton en cuivre finement ciselé, à figures, repercé à jour et doré. Travail du XVIe siècle.

3 — Horloge de bureau formée d'une sphère en cuivre gravé et repercé à jour, de style oriental, reposant sur trois Dauphins debout, et surmontée d'une figurine d'Hercule.

4 — Horloge à cadran horizontal placé dans une sphère suspendue, en cuivre doré, enrichie d'appliques en argent découpé à jour.

Cette pièce repose sur un piédouche en bois noir garni de boules en diverses matières avec calottes émaillées et nœud en ambre sculpté. XVIIe siècle. Collection du comte de Festeties.

5 — Horloge de suspension en cuivre repoussé, à fleurs, rinceaux et mufle de lion. Beau travail allemand du commencement du XVIIe siècle.

6 — Autre horloge destinée à être suspendue, à plaque en cuivre repoussé et argenté, à bustes et ornements.

7 — Horloge analogue à celle qui précède.

8 — Pendule du temps de Louis XIV, en marqueterie d'écaille et cuivre, garnie de bronze doré. Mouvement de Mazurier à Paris.

9 — Très-grand et magnifique régulateur en marqueterie de bois, très-richement garni de bronzes, finement ciselés et dorés, de style rocaille. Pièce remarquable du temps de Louis XV.

10 — Horloge astronomique universelle exécutée à Mantoue pour le collége de Rome en 1688, par Jacob Lusuerg.

11 — Joli microscope en cuivre gravé et doré dans sa boîte, en bois sculpté garnie de tiroirs. Il porte la signature de : *Angelo Gozzi, in Parma*, 1772, et fut exécuté par les ordres de Marie-Thérèse pour l'éducation de son fils Joseph II.

Armes occidentales

12 — Belle paire de pistolets à rouet; les bois sont enrichis de fines incrustations d'ivoire et de nacre gravés, à animaux, rosaces, rinceaux et figures. Allemagne, XVIᵉ siècle.

13 — Mousquet à rouet, modèle dit pied-de-biche; enrichi d'incrustations de nacre et d'ivoire gravé, représentant des sujets de chasse et des ornements. Allemagne, XVIᵉ siècle.

14 — Deux beaux pistolets à rouet par LAZARINO COMINAZO. Les bois sont garnis et incrustés d'ornements à rinceaux, de fleurs et de Dauphins finement ciselés, gravés et découpés à jour. Les canons sont ornés de fines cannelures.

15 — Deux autres beaux pistolets à montures en ivoire sculpté à ornements; les crosses se terminent par des têtes de

guerriers dont les casques sont en argent ciselé et doré. Les canons sont damasquinés en or et en argent, et les batteries à pierre dont les chiens manquent portent les inscriptions suivantes : AQUISGRANI, LEONARDUS GRAEFF. XVII⁰ siècle.

16 — Arbalète dont le bois est incrusté d'ébène et d'ivoire gravé; elle porte un écusson armorié. XVII⁰ siècle.

17 — Arquebuse à rouet; monture enrichie d'incrustations et de bandes d'ivoire gravé, à figures, portant des costumes Louis XIII et à ornements. XVII⁰ siècle.

18 — Mousquet à rouet, à crosse dite pied-de-biche ; la batterie est garnie d'appliques de cuivre gravé ; le bois est enrichi d'incrustations de cuivre et de nacre de perle. qui donnent à l'arme un aspect oriental. XVI⁰ siècle.

19 — Fusil dont le bois est incrusté d'ivoire gravé, à ornements et animaux. La batterie est à pierre. XVII⁰ siècle.

20 — Arquebuse de chasse à rouet; le bois est enrichi de sculptures, et la batterie gravée porte le nom : *Johann Stockl in Neustatt.* XVII⁰ siècle.

21 — Arquebuse de chasse à rouet faisant pendant à celle qui précède.

22 — Arquebuse de chasse à rouet; la batterie finement gravée, à figures et ornements, porte le nom : *F. Georg Dax in Munchen.* Le canon bleui est signé : F. RINSPACHER IN MUNCHEN. Le bois, sculpté à ornements, est enrichi de parties rapportées en corne sculptée. XVII⁰ siècle.

23 — Paire de pistolets entièrement en fer repoussé et gravé, et enrichis d'ornements rapportés, découpés à jour. Les batteries à pierre ainsi que les montures portent le nom : *Stefano Sioli*, et les canons : Gironimo Mutto. XVIIᵉ siècle.

24 — Paire de pistolets garnis en argent gravé ; les batteries sont décorées de sujets de bataille gravés au trait et les canons damassés et incrustés d'argent sont de travail oriental. Collection du comte de Wickembourg.

25 — Autre paire de pistolets ; ceux-ci sont garnis en cuivre ciselé, à figures et bustes, les batteries sont gravées a sujets de chasse et les canons portent le nom : Lazaro Lazarino. Même collection.

26 — Espingole à crosse à charnière incrustée d'argent gravé ; le canon bleui est enrichi d'ornements ciselés et dorés. La batterie porte le nom : *Trachetti e Minelli*.

27 — Espingole de même forme, garnie en fer finement ciselé, et enrichie d'incrustations d'argent ; le canon gravé a fleurs et rinceaux incrustés d'argent porte le nom : *Torchione*, et la batterie est signée : *Tonelli*.

28 — Espingole à crosse à charnière garnie en cuivre ciselé ; le canon porte le nom *Lazaro Lazarino*, et la batterie gravée est signée : Pici Frusca.

29 — Petite espingole dont le canon, la batterie et la sous-garde sont damasquinés d'argent. Le bois est incrusté d'ornements de cuivre.

30 — Épée à double garde à trois branches en fer ciselé à

figure en relief, représentant des sujets tirés de la vie du
Christ. La lame striée et repercée à jour, porte le nom :
JUAN MARTINEZ EN TOLEDO. XVI⁰ siècle.

31 — Épée à large corbeille ronde en fer découpé à quadrilles
et à longs quillons droits à torsades. La lame quadrangu-
laire et évidée, porte la devise suivante : SI DEUS PRO NOBIS
QUIS CONTRA NOS. XVI⁰ siècle.

32 — Autre épée à corbeille, à ornements gravés et découpés
à jour. XVI⁰ siècle.

33 — Épée à corbeille bleuie, enrichie de deux frises d'ornements à rinceaux ciselés et repercés à jour. Lame striée
et découpée. XVI⁰ siècle.

34 — Épée à corbeille, en fer repoussé à sujets de bataille et
ornements repercés à jour. Lame striée et repercée. Même
époque.

35 — Épée Louis XIII, à garde, fusée et pommeau en fer ciselé à feuillages et têtes de dragons.

36 — Épée à double coquille en fer bleui uni. La lame porte
l'inscription suivante : UN DIOS, UNA LEI Y UN REI.

37 — Épée à garde très-curieuse, à double branche, se terminant ainsi que le pommeau par des têtes de nègres.

38 — Épée à garde et fusée, en fer gravé à bustes et ornements découpés à jour. Le pommeau est formé par une
tête casquée.

39 — Épée de parade ornée de figures et ornements en relief dans le style de la Renaissance.

40 — Épée à coquille et pommeau décorés de figures de cavaliers en relief. La poignée est en agate.

41 — Épée à poignée et quillons à torsades, et coquille gravée et repercée à jour.

42 — Petite épée à poignée finement ciselée et damasquinée d'or. Travail du xvie siècle.

43 — Couteau de chasse, à lame gravée et à arête saillante, poignée en agate et garde en fer.

44 — Sabre très-curieux, à très-longue lame, droite, et à poignée en fer. Cette sorte d'arme était portée en bandouillère, sur le dos d'un serviteur, pendant les chasses au sanglier, afin de permettre aux cavaliers chasseurs de s'en emparer facilement et de donner le coup de grâce à l'animal, en le frappant de part en part, de la tête à la queue.

45 — Dague main gauche, à garde unie, garnie d'une plaque en fer, découpée à ornements et rapportée.

46 — Dague analogue à celle qui précède.

47 — Dague à garde et quillons composés d'ornements entièrement découpés à jour. La lame est moderne.

48 — Petite dague à lame striée et repercée à jour. Poignée composée de figures fantastiques superposées et garde formées par un lion couché. xvie siècle.

**

49 — Dague à garde et pommeau en fer ciselé à figures.
xvi° siècle.

50 — Dague à garde et pommeau en fer damasquiné d'argent.
Même époque.

51-53 — Cinq dagues diverses qui seront vendues séparément;
l'une d'elles a une poignée en ancienne porcelaine de
Saxe.

54 — Hache d'armes à manche en bois incrusté d'ivoire et
de petits bas-reliefs en cuivre.

55 — Hache à long manche incrusté de sujets de chasse en
cuivre gravé. La lame porte le nom : *K. Laszlo Munkaja*.

56 — Pulverin en fer repoussé à figures.

57 — Pulverin analogue.

58 — Deux pulverins, l'un d'eux en corne de cerf.

59 — Pulverin en corne de cerf sculptée à armoirie. xvi°
siècle.

60 — Amorçoir de forme circulaire en bois sculpté à sujets de
chasse. xvi° siècle.

61 — Amorçoir analogue, mais plus grand.

Armes orientales

62 — Fusil à mèche avec batterie en cuivre et garniture en argent.

63 — Fusil turc garni en argent repoussé, à fleurs et ornements.

64 — Fusil turc dont le bois est incrusté d'ivoire blanc et de couleurs.

La batterie et le canon sont richement damasquinés en or; les garnitures sont en argent.

65 — Fusil analogue à celui qui précède, mais moins riche.

66 — Autre fusil analogue.

67 — Yatagan à lame incrustée d'or, fourreau en argent repoussé et poignée en morse, garnie en argent et enrichie de coraux.

68 — Yatagan analogue à celui qui précède; la poignée n'est pas garnie de coraux.

69 — Yatagan analogue à celui qui précède.

70 — Poignard à lame droite évidée; poignée et fourreau en argent repoussé, garnis de coraux.

71 — Poignard à lame droite à poignée et fourreau en argent gravé à écailles et doré.

72 — Deux yatagans sans fourreau ; l'un d'eux à poignée en argent niellé, l'autre à poignée en morse.

73 — Poignard à lame courbe et poignée en bois, garnie de rosaces en argent.

74 — Petit poignard à manche et fourreau garnis en argent doré.

75 — Petit poignard à manche en jade vert, garni à sa partie inférieure d'une améthyste et fourreau en velours garni en argent doré.

76 — Poignard à lame courbe à manche en buffle et garniture du fourreau en cuivre.

77 — Petite trousse garnie d'ustensiles en fer damasquiné d'argent.

78 — Deux haches d'armes en damas damasquiné d'or, formées de têtes de bœufs. Travail persan.

79 — Sceptre hongrois en argent repoussé et doré avec hampe en velours rouge.

80 — Deux hachettes ; l'une garnie en cuivre, l'autre en argent.

81 — Deux amorçoirs ; l'un d'eux en cuivre émaillé, l'autre garni en velours brodé.

Objets variés

82 — Aiguière à verser, en forme de dragon ailé, en cuivre ciselé, doré, niellé, et enrichi de parties plaquées en argent.

Cette pièce, qui date du XIIᵉ ou du XIIIᵉ siècle, et qui nous semble appartenir à l'école vénitienne, est remarquable par l'élégance de sa forme et sa belle conservation.

83 — Grand et très-beau coffre, entièrement composé de plaques en cristal de roche et garni de colonnettes de même matière. Beau travail italien.

84 — Coffret plaqué en écaille et enrichi de mosaïques en relief; groupes de fruits exécutés en jaspe et agate et appliques émaillées sur argent.

85 — Tête de mort d'assez grande dimension en cristal de roche.

86 — Joli coffret en fer gravé à ornements, et garni d'ornements et de pilastres en cuivre finement ciselé et doré. Travail du XVIᵉ siècle. Collection du cardinal Migazzi.

87 — Petit coffret en ivoire, gravé et garni de bandes de cuivre gravé et doré. Fin XVIᵉ siècle.

88 — Petit meuble cabinet, en marqueterie de bois, ivoire et écaille. Époque Louis XIII.

89 — Petit meuble en bois, laqué rouge, garni d'ornements et de pentures en cuivre grave et découpé à jour.

90 — Boîte renfermant des marques de jeux en nacre de perle, montées en vermeil, et portant le chiffre de Marie-Thérèse d'Autriche. Provient du château de Bude.

91 — Cadre en fer forgé à rinceaux, conservant des traces de dorure. Travail du XVIIe siècle. Collection du cardinal Migazzi, archevêque de Vienne.

92 — Clef double avec poignée mobile, de forme ovale, présentant sur l'une de ses faces, l'inscription suivante : *Ferdinandus* III, *Rom. Imperator*, et sur l'autre : *Jesus Maria.* Collection du comte de Festetics.

93 — Coiffure de femme en perles fausses, garnie d'appliques en argent doré et grenat. Ces sortes de coiffures étaient portées en Transylvanie et en Hongrie par les jeunes mariées. Époque Louis XIII.

94 — Autre coiffure de forme curieuse, entièrement ornée de pendentifs en argent doré et de passementeries, garnie de perles fausses. Cette coiffure était portée dans la seconde moitié du XVIe siècle, par les vieilles femmes de Nuremberg.

95 — Cassette à couvercle bombé en cuivre doré, enrichie d'incrustations de corail et de rosaces émaillées. Travail du XVIe siècle.

96 — Agraffe de ceinture en argent doré, émaillé noir et enrichie de turquoises-cabochons.

97 — Miniature ovale sur ivoire, portrait de Mehemet-Ali, premier vice-roi d'Égypte.

98 — Deux pièces : Petit gobelet à couvercle en argent et cassolette en forme d'œuf, en émail de Saxe.

99 — Deux éventails, avec monture en ivoire sculpté.

100 — Médaillon ovale, peint à l'huile : buste de la Vierge, dans un cadre en cuivre doré, garni de chatons de couleur.

101 — Cuisine de campagne en fer étamé, à ornements rapportés en cuivre, et garnie d'une chaîne de suspension.

102 — Très-grand vidrecome à anse, en étain, gravé et surmonté d'un écusson soutenu par un lion debout.

103 — Autre Vidrecome à anse en étain, décoré de médaillons, renfermant des bustes gravés.

104 — Deux pots à bière, l'un en serpentine, l'autre en bois garnis en étain.

105 — Grand Vidrecome à convercle, en étain, à sujet en relief et supporté par une figure d'Hercule.

106 — Tryptique russe en cuivre émaillé.

107 — Poésies écrites à l'occasion du couronnement de l'impératrice d'Autriche Maria-Ludovica-Beatrix, comme reine de Hongrie. Imprimé à Vienne (1808). Dans un étui en maroquin rouge, brodé en fin, orné des portraits de l'em-

pereur et de l'impératrice d'Autriche, et de miniatures : Marie-Thérèse et Renommée. Dans une boîte garnie en cuir.

107 *bis* — Bel éventail Louis XV avec monture en nacre de perle gravée et dorée et feuille peinte.

Orfévrerie

108 — Joli sucrier à saupoudrer, en forme de vase, en argent ciselé. Époque Louis XIV.

109 — Deux vases du temps de Louis XVI, forme Médicis, en argent ciselé.

110 — Deux girandoles à deux lumières, modèle rocaille en argent. A la base une armoirie gravée. Époque Louis XV.

111 — Théière de style Louis XVI, en argent ciselé, à bustes et ornements.

112 — Grande cafetière en argent, à panse ovoïde, et goulot tête de cheval. Écusson armorié, gravé.

113 — Écritoire en filigrane d'argent, avec plateau, forme feuille. De même travail.

114 — Deux plaques en argent repoussé, provenant d'un livre d'heures, et représentant des sujets d'après Simon Vouet.

115 — Tableau en argent repoussé, représentant un sujet de chasse en haut relief. Dans un cadre en bois sculpté ornements de style gothique.

116 — Grand plat rond en argent repoussé, représentant au
bord les bustes de Jean Casimir et de Severinus, C. Potocki, ainsi que les armoiries de Pologne et du comte. Un
brillant fait d'armes du comte Potocki est représenté au
centre du plat.

117 — Porte-huilier du temps de Louis XVI, en argent ciselé, à feuillages et perles.

118 — Autre porte-huilier en argent sur socle ovale, à rosaces
et cannelures ciselées. Époque Louis XVI.

119 — Deux beaux bas-reliefs en argent finement ciselé
par Van Vianen, d'après Bernard Van Orley, et représentant l'un l'adoration des Bergers et l'autre la Résurrection.

120 — Six couverts, composés chacun de trois pièces à
manches en argent ciselé, doré en partie; les cuillers ont
des manches droits; les couteaux et fourchettes ont de
longs manches courbes se terminant par des figurines. Travail hongrois. Ils ont appartenu au prince de Transylvanie, Michaël Apoffy, dont ils portent les armes.

121 — Quatre plaques de forme cintrée, représentant des sujets
de la vie du Christ, en argent repoussé, et portant la signature *B. Lieux*, orfèvre flamand de la fin du XVIIe
siècle.

122 — Nautile en argent repoussé, supporté par une figure
d'Atlas.

123 — Vidrecome à couvercle en argent repoussé et doré,
enrichi de cariatides, bustes et consoles.
***

124 — Petit plateau en argent repoussé à rinceaux et festons de fruits au bord, et marine au centre.

125 — Petit vidrecome en argent doré, très-finement gravé à figures de personnages en costumes du XVIe siècle; il porte deux écussons armoriés.

126 — Brûle-parfums formé de sept tourelles accolées, reposant sur un plateau à lobes; le tout en filigrane d'argent, enrichi de rosaces et fleurons émaillés. Travail oriental.
Collection du prince Colloredo.

127 — Flacon à parfums, de mêmes style et travail que la pièce qui précède. Même collection.

128 — Six porte-tasses en filigrane d'argent.

129 — Très-belle coupe ronde du XVIe siècle en argent doré, garnie de médailles antiques en argent. Collection du prince Colloredo.

130 — Cuiller en argent ciselé. Travail hongrois.

131 — Coquille, genre burgau, montée en boîte, avec couvercle en argent.

132 — Coco, monté en argent doré, à couvercle. XVIe siècle.

133 — Coffret en écaille, garni en argent repoussé. Époque Louis XIII.

134 — Kalian persan en cuivre émaillé et garni en argent émaillé de même.

135 — Sceau en argent doré de l'empereur Ferdinand III d'Autriche.

136 — Narguilhé incrusté et garni en argent.

137 — Flacon à parfums en cuivre doré et émaillé à fleurs sur fond blanc et réserves bleues. Travail persan.

138 — Amorçoir en buis gravé, garni en argent. Travail turc.

139 — Petite coupe modèle coquille, en argent doré, supportée par une figurine d'homme debout. Époque Louis XIII.

140 — Deux pièces : Petit gobelet à couvercle, en argent repoussé à bustes, ornements et figurine de femme, formant verre à boire. Même époque.

141 — Gobelet en argent à coupe contournée, supportée par une figurine debout.

142 — Coco monté sur pied en argent, et surmonté d'une figurine de femme debout.

143 — Grande agrafe de ceinture en filigrane d'argent.

143 *bis* — Taureau et vache en argent finement ciselé, formant pots à crème.

Cuivres et Bronzes

144 — Grand et beau bassin à une anse mobile en cuivre, entièrement couvert de sujets de chasse et fantastiques,

et d'ornements à rinceaux finement gravés au trait. Travail italien du xvie siècle. Collection de Mme la comtesse Berthold.

145 — Autre beau bassin de même forme, couvert d'ornements à entrelacs de style oriental, finement gravés. Travail vénitien du xvie siècle. Même collection.

146 — Bassin analogue à celui qui précède, mais plus petit; l'anse de celui-ci est formée de deux cariatides de dragons fantastiques. Même travail et même époque.

146 *bis* — Bassin analogue, plus grand et à deux anses.

147 — Aiguière de forme élégante en cuivre gravé à panse bursaire et à côtes. Travail oriental.

148 — Beau bassin finement gravé à médaillons de personnages et inscriptions, et conservant des traces d'incrustation d'argent. Beau travail persan ancien.

149 — Bassin analogue à celui qui précède, mais beaucoup plus petit.

150 — Deux grands bassins en cuivre gravé à figures et ornements. Travail persan.

151 — Deux petits vases à panses sphériques et goulots droits en cuivre jaune finement gravé, à ornements et inscriptions. Travail persan.

152 — Grand bassin en cuivre étamé, entièrement couvert d'ornements à rinceaux et d'inscriptions gravées. Travail persan.

153 — Joli bassin à anse mobile entièrement couvert d'ornements gravés, enrichi d'incrustations d'argent.

154 — Petit bassin rond en cuivre jaune, portant des inscriptions gravées et conservant des traces d'incrustations
d'argent.

155 — Flambeau persan en cuivre gravé à ornements en
losanges, rosaces, arabesques et portant des inscriptions.

156 — Autre flambeau persan, décoré d'ornements gravés et
émaillés à froid, noir et rouge.

157 — Flambeau analogue à celui qui précède; celui-ci a la
tige émaillée et son pied gravé.

158 — Très-grand flambeau en cuivre entièrement couvert
d'ornements et d'inscriptions gravés. Travail persan.

159 — Flambeau analogue à celui qui précède.

160 — Un autre flambeau analogue au précédent.

161 — Deux autres flambeaux de même style qui seront vendus séparément.

162 — Plat rond en cuivre gravé à bustes, ornements et gro-
tesques, et enrichi de filets incrustés d'argent. Ouvrage
italien du XVIe siècle. Collection de Mme la comtesse Berthold.

163 — Plat rond en cuivre repoussé, présentant, au centre, la
figure de saintGeorges terrassant le dragon. Au pourtour
du sujet, une inscription
***

164 — Deux plats ronds en cuivre jaune repoussé ; l'un d'eux représente, au centre, Adam et Ève dans le paradis et il porte des inscriptions.

165 — Deux petits bassins persans en cuivre gravé; l'un d'eux est étamé.

166 — Vase à couvercle, à panse aplatie, en cuivre rouge gravé et étamé. Travail persan.

167 — Quadruple sablier indiquant les quarts, les demies, les trois quarts et les heures ; monture en cuivre repoussé à colonnettes torses. Époque Louis XIII.

168 — Lampe marine, placée dans une sphère en cuivre doré à ornements rocaille ciselés et découpés à jour. Époque Louis XV.

169 — Bassin persan, en cuivre finement gravé, à figures, ornements et inscriptions portant traces d'incrustations d'argent.

170 — Petit plateau ovale en argent repoussé, à figures et ornements.

170 *bis* — Petit plateau ovale en cuivre repoussé et argenté.

171 — Vase en forme de boutcille en cuivre champlevé, émaillé noir et enrichi d'incrustations. Travail persan ancien.

172 — Grand brasero de forme octogone en cuivre jaune, à pilastres et galeries à ornements découpés à jour, ornés de mascarons saillants; chacun des pilastres est surmonté d'un vase.

173 — Divinité chinoise en cuivre doré, enrichie de tur-
quoises.

174 — Deux pièces en bronze. — Chien couché et dragon
ailé, pouvant former pomme de canne.

175 — Grand vase chinois en bronze à long goulot droit,
garni à sa partie supérieure de deux anneaux formant
anses. Travail ancien.

176 — Brûle-parfums chinois en bronze, de forme sphérique,
reposant sur trois pieds droits.

177 — Lot de statuettes et appliques antiques en bronze.

178 — Beau vase sur piédouche en bronze, présentant au
pourtour, des ornements, des mascarons et des rinceaux
finement exécutés en relief, xve siècle. Cette pièce fut
offerte au Musée Vitzai en 1793 par la famille Coronni
Monzèse, comme marque de reconnaissance, ainsi que
l'indique une inscription gravée sur le vase.

179 — Deux pièces : Statuette de saint personnage debout et
bas-relief en bronze doré, représentant le Calvaire.

180 — Marteau de porte en bronze, formé d'un ours.

181 — Figure de femme debout, en bronze vert; la chaste
Suzanne. École allemande du xvie siècle.

182 — Flacon hexagone en cuivre rouge repoussé à figures
et oiseaux.

183 — Mortier en bronze, décoré d'armoiries et d'ornements
en relief.

184 — Sonnette en bronze, portant des armoiries et **des**
figures de génie en relief. xvie siècle.

Sculptures

185 — Marbre blanc. — Psyché s'évanouissant en ouvrant
la boîte de Pandore. Belle sculpture, grandeur nature,
par le célèbre Tenerani, contemporain et rival de Ca-
nova.

186 — Marbre blanc. — Grande pendule, ornée d'une jolie
statuette debout, par Godecharle.

187 — Ivoire. — Trois bas-reliefs. — Deux sont appliqués sur
des tiroirs; le troisième a été enchâssé dans la porte d'un
cabinet dans un encadrement marqueté à damier. Ils re-
présentent le triomphe de l'amour.

Ces trois bas-reliefs proviennent, dit-on, du monument
funéraire de l'empereur Ferdinand à Gratz et faisaient
partie du reliquaire offert par le pape pour ce monument,
que l'on attribue à Mantegna.

188 — Os. — Coffret à couvercle en toit composé de plaques
d'os sculpté représentant des figures de saints personnages en bas-relief. Les entre-deux sont formés de plaques sculptées à ornements rehaussés d'or sur un fond
noir.

189 — Bois. — Médaillon ovale, sculpté en haut relief et représentant le jugement de Pâris dans un cadre en bois sculpté. Travail du xvii° siècle.

190 — Corail. — Petit groupe de trois figures de saintes femmes ; la mort de Marie. Travail du xvii° siècle.

191 — Bois. — Le Christ au poteau. Travail allemand du xvii° siècle.

192 — Bois. — Buste de l'architecte de l'église de Saint-Étienne à Vienne. Collection du cardinal Migazzi, archevêque de Vienne.

193 — Ivoire. — Groupe. La Vierge debout portant son divin fils sur son bras gauche. Ouvrage du xiv° siècle.

194 — Ivoire. — Deux autres petits groupes représentant le même sujet.

195 — Ivoire. — Grande pipe formée d'un buste de femme, coiffée de branches de vigne et avec collerette découpée à jour.

196 — Ambre. — Couteau à manche, formé d'une figure de chasseur, en ambre sculpté. Époque Louis XIII.

197 — Terre cuite. — Buste de femme bronzé et tête de vieillard.

198 — Os. — Joli coffret vénitien en marqueterie, enrichi de bas-reliefs en os sculpté représentant des sujets de chasse et diverses scènes de personnages. xiv° siècle.

199 — Bois peint. — Statuette de l'Enfant-Jésus. Le pied qui est chaussé est celui que les pèlerins avaient coutume de baiser. Provient du célèbre couvent de Milk.

200 — Ivoire. — Pomme de canne formée de quatre bustes. Satyre contre le roi Auguste de Saxe.

201 — Bois. — Statuette de saint Sébastien, martyre, portant la signature de VEIT LANG, 1631. Collection Migazzi.

202 — Ivoire. — Deux médaillons ronds. — Bustes de profil et en bas-relief de l'impératrice Catherine de Russie et de son fils.

203 — Ivoire. — Deux petits Christs en ivoire.

204 — Bois. — Bas-relief. La Vierge vue à mi-corps et portant son divin Fils. XVIIe siècle.

205 — Marbre tendre. — Deux têtes de saints personnages. XVIe siècle.

206 — Pierre lithographique (pierre de Kehlheim). — Calendrier perpétuel finement gravé en relief et enrichi d'ornements, rehaussés d'or. Il porte la date de 1616.

207 — Ivoire. — Christ en ivoire sculpté, sur croix en bois noir.

208 — Ivoire. — Petit bas-relief carré repercé à jour. Nymphe endormie et Satyres.

209 — Ivoire. — Statuette de Vierge debout, sur un socle
plaqué en écaille et garni d'appliques découpées.

210 — Deux pièces : Médaillon ovale en marbre blanc, buste
d'homme barbu et buste de saint personnage en marbre
tendre.

211 — Ivoire. — Groupe de deux figures. Martyre de sainte
Apollonia. Un guerrier debout lui arrache la langue. Collection du comte Joseph Esterhazy.

211 *bis* — Quenouille en bois sculpté.

Grès de Flandres et Faïences

212 — Grande cruche en grès émaillé brun ; elle présente
au pourtour de sa panse des armoiries en relief, des
inscriptions et porte la date de 1598.

213 — Petite cruche de forme droite en grès émaillé blanc
portant les armes de l'empire flanquées des armes de Saxe
et de Bavière, ainsi que la date de 1575.

214 — Cruche en grès émaillé brun portant en relief des
groupes de danseurs et la date de 1590.

215 — Autre cruche en grès émaillé gris et bleu présentant
des figures d'arquebusiers dans diverses attitudes.

216 — Petite cruche émaillée bleu et gris portant les armoiries
de divers pays.

217 — Très-petite cruche en grès émaillé brun portant les armoiries des électeurs.

218 — Très-belle cruche de forme cylindrique en grès émaillé gris présentant en relief trois figures de guerriers debout, en riches costumes et portant les noms de Jules César, Alexandre le Grand et Charles-Quint. Modèle rare.

219 — Petite cruche en grès émaillé bleu et gris à rosace découpée à jour et à mufles de lions et ornements en relief.

220 — Cruche de forme cylindrique, émaillée brun et présentant trois bustes de femme, ainsi que des ornements en relief.

221 — Cruche en grès émaillé gris et bleu portant en relief les bustes des électeurs et leurs armoiries. Date de 1654.

222 — Grande cruche émaillée gris, bleu et violet portant un écusson armorié surmonté d'un chapeau de cardinal et répété trois fois. Date de 1681.

223-225 — Trois petits brocs en terre émaillée brun, à fleurs et attributs divers réservés en gris. Travail hongrois.

226 — Flacon en grès émaillé brun portant les armes de l'empire ainsi que celles de Pologne et de Saxe. Il est enrichi de rosaces émaillées en couleur.

227-231 — Onze cruches ou flacons en grès qui seront vendus séparément.

232 — Tirelire en grès, à figures, mascarons et festons de
fleurs en relief émaillées en couleurs.

233 — Grande cruche en grès, décorée d'armoiries en relief.

234 — Jolie cruche en grès de Flandre émaillée gris et bleu
et décorée de huit sujets en relief, très-curieux. XVIᵉ siècle.

235 — Flacon à panse carrée en grès émaillé bleu à armoiries réservées en gris et portant la date de 1708.

236 — Plateau en faïence italienne représentant un sujet tiré
de l'histoire romaine. Il est monté dans un cadre en bois
sculpté et doré.

237 — Coupe ronde en faïence d'Urbino, décorée du sujet de
Daphné changée en laurier.

238 — Deux vases de forme élégante à deux anses et à couvercle, en faïence de Lorraine, décorés de sujets Watteau
en camaïeu rose et rehauts d'or.

239 — Grand vase en faïence blanche de Venise à mascarons
en relief à anses têtes de lion et à couvercle découpé à
jour.

240 — Écritoire de forme octogone en faïence allemande à
médaillons renfermant des figures de génies émaillées en
couleurs.

241 — Coupe ronde en forme de couronne, supportéepar un
cheval debout, entouré de figures et portant des fleurs de

lis surmontées de la couronne royale. Faïence de Beauvais (?) émaillée vert.

242 — Gourde de forme aplatie en ancienne faïence de Perse à figures et sujets de chasse en relief, dessinés au trait et réservés sur fond émaillé bleu.

243 — Plaque ovale en faïence de Castelli représentant un buste de saint personnage.

244 — Trois petits pots à anses enlacées, en faïence de Delft décor en camaïeu bleu.

245 — Broc en faïence allemande, émaillé bleu turquoise et garni en étain.

246 — Deux brocs en faïence allemande, garnis en étain.

Verrerie

247 — Verre à boire finement gravé et doré, en forme de schako prussien de la guerre de Trente ans, dont le grand Frédéric s'est servi pendant toutes ses campagnes et que le feu roi de Prusse offrit au feld maréchal Radetzky après la bataille de Novarre.

248 — Écrin contenant quatre verres très-finement gravés, aux armes des comtes de Sternberg de Bohême et provenant de leur collection.

249 — Vidrecome allemand de forme cylindrique présentant au pourtour les figures des apôtres émaillées en couleurs.

250 — Autre vidrecome allemand émaillé en couleurs et portant l'écusson d'une corporation de tailleurs ainsi que divers emblèmes et inscriptions.

251 — Très-grand verre à pied et à couvercle, portant des armoiries gravées.

252 — Vidrecome en verre émaillé à paysages et portant de longues inscriptions allemandes ainsi que la date de 1708.

253-265 — Environ soixante-dix pièces en verre très-finement gravé, telles que : verres à boire, vidrecomes à couvercles, coupes, flacons, bouteilles, etc., qui seront vendues par lots

266-270 — Onze petits vitraux anciens décorés d'armoiries, de figures de chevaliers et autres. Ils seront vendus séparément.

271 — Deux coupes rondes en verre de Venise, l'une d'elles filigranée d'émail blanc l'autre à torsade d'émail bleu. Collection de la duchesse de Berry.

Porcelaines

272 — Beau service de table en ancienne porcelaine de Berlin, décoré de fleurs et de bandes d'ornements en or sur fond

brun. Il se compose de deux cent quarante pièces, telles
que : assiettes plates et creuses, plats, légumiers, seau à
rafraichir, soupières, corbeilles à fruits, etc., etc.

Il fut offert par le roi de Prusse au comte de Cobenzel
plénipotentiaire autrichien et signataire du traité de Lodi.
Il fut vendu à la mort du comte au banquier Neuwall.

273 — Belle tasse en porcelaine dure, décorée d'un joli médaillon d'après Lagrenée, représentant Ariane et Bacchus.

274 — Grand étui de forme aplatie, en ancienne porcelaine de Saxe, décoré de figures dans des paysages et de riches rinceaux d'or.

275 — Grande et belle boîte de forme contournée avec plateau en ancienne porcelaine de Saxe, décorée de médaillons de personnages costumés à la Watteau et d'arabesques d'or. Très-belle qualité. Collection du comte de Kaunitz.

276 — Deux théières en ancienne porcelaine de Chine formées de grenades émaillées brun avec branchages et feuillages émaillés en couleur.

277 — Deux grands vases de forme cylindrique, en ancienne porcelaine de Chine, fond bleu fouetté à médaillons, attributs divers, décorés en camaïeu bleu et rehaussés d'or. Monture de style rocaille à anses, socles et gorges en bronze doré.

278 — Deux tasses à deux anses et à couvercles en ancienne porcelaine de Venise, décorées de fleurs.

279 — Une potiche et deux cornets en ancienne porcelaine

de Chine fond chocolat et médaillons de fleurs émaillés
en couleur.

230 — Deux petits vases modèle balustre en porcelaine cra-
quelée rosée, montés en bronze doré.

281 — Deux petits vases modèle balustre, en porcelaine de
Chine, décorés de figures émaillées en couleur sur fond
carmin. Montures à anses de style rocaille en bronze doré.

282 — Beau plateau de forme contournée, en ancienne porcelaine blanche de Copenhague, à fleurs en reliefs de la
plus grande finesse d'exécution. Sur ce plateau se trou-
vent cinq petites tasses dont trois en forme de fruit, et un
buste de jeune fille de même porcelaine.

283 — Deux candélabres formés des bustes d'Héraclite et Dé
mocrite, se terminant en Hermès en ancienne porcelaine
blanche de Vienne. Monture à deux branches, porte-
lumières en bronze doré. Collection de Mme la comtesse
Berthold.

284 — Statuette en porcelaine blanche de Vienne. *Soubrette*
d'après un pastel de Léotard.

285 — Cabaret en ancienne porcelaine de Saxe, décoré du
chiffre P. F., exécuté à l'aide de fleurs et bords bleus,
relevé d'or. Il se compose de huit tasses avec soucoupes
et trois grandes pièces.

286 — Deux tasses en porcelaine de Venise ; l'une d'elles est
décorée de fleurs.

287 — Beurrier avec plateau en ancienne porcelaine de
Sèvres, pâte tendre; décoré de bouquets de fleurs.

288 — Cabaret en ancienne porcelaine de Saxe, décoré de
fleurs en camaïeu bleu sur fond d'or. Il se compose de
huit grandes tasses, trois grandes pièces, et de cuillers,
couteaux et fourchettes avec manches de porcelaine.
Collection de Mme la duchesse de Berry.

289 — Deux grandes jardinières en ancienne porcelaine de
Vienne, décorées de fleurs. Belle qualité.

290 — Beau groupe en ancienne porcelaine de Vienne, *la
Leçon de flûte*, d'après Boucher.

291 — Deux jolis bouts de table de même porcelaine, représentant *les Quatre Saisons*.

292 — Deux figurines en ancienne porcelaine de Vienne,
Jardinier et Jardinière.

292 *bis* — Deux groupes en ancienne porcelaine blanche de
Vienne : *Bergers et Bergères*.

Meubles

293 — Boiserie complète de la salle du Bourgmestre de
l'hôtel de ville de berne, se composant de panneaux
en bois sculpté à cariatides, figurines et mascarons et
portant les millésimes de 1600 et 1601. Cette boiserie
est accompagnée d'un grand meuble-dressoir à deux corps,

de même travail, ainsi que d'une cheminée. Cette dernière est de travail moderne.

Ces boiseries remarquables méritent de fixer l'attention des amateurs.

294 — Magnifique frise en huit parties, représentant le triomphe d'un empereur romain, peinte en grisaille, par Domenio Riccio, dit *le Brusasorci*, célèbre peintre véronais, considéré comme le chef de l'école de Vérone; il est surtout renommé pour ses fresques, pour la puissance de son coloris et la verve de ses compositions. Né à Vérone en 1494, mort en 1567, il fut élève de Golfino ou Giolfino, et étudia surtout à Venise les chefs-d'œuvre de Giorgione et du Titien.

295 — Beau plafond formé de feuilles de cuir de Cordoue.

296 — Très-grand meuble à deux corps et à deux rangs de tiroir en bois sculpté, présentant sur sa face des niches et des motifs d'architecture élégants. Travail allemand du xviie siècle.

297 — Autre très-grand meuble à deux corps, en bois sculpté, analogue à celui qui précède.

298 — Grand et beau meuble dressoir, en bois sculpté, de mêmes style et travail que les meubles qui précèdent. Il provient de la collection du prince Eugène, vice-roi d'Italie, duc de Leuchtenberg.

299 — Très-grand meuble cabinet, de forme monumentale, en bois noir, à tiroirs et à tabernacle, garni de peintures sur pierre de Florence et enrichi de colonnettes en marbre et de statuettes et ornements en bronze doré. Ouvrage italien du xvie siècle.

300 — Très-joli cabinet fermant à deux portes et reposant sur sa table support, entièrement en ivoire sculpté et offrant, *dans toutes ses parties*, des ornements très-délicatement traités. Travail indien remarquable.

Il provient de la collection du prince Colloredo, à qui il avait été envoyé par le roi de Delhi.

301 — Table en bois d'ébène, richement incrustée d'ivoire gravé, et reposant sur quatre pieds droits. Les sujets sont tirés de l'Iliade. Travail italien.

302 — Joli meuble cabinet enrichi d'incrustations d'ivoire gravé, à figure de cavalier et ornements; le dessus forme coffre et la table console est supportée par des colonnes. XVIe siècle.

303 — Cabinet à tiroirs plaqués d'écaille et garnis d'appliques en cuivre repoussé et doré. XVIIe siècle.

304 — Petit coffre bahut, en bois sculpté, orné aux angles de cariatides de femmes et présentant sur la face, le sujet du jugement de Salomon. Travail italien.

305 — Coffret en certosina de forme carrée; décoré intérieurement et extérieurement.

306 — Trictrac formant échiquier en bois d'ébène incrusté d'ivoire gravé et garni de ses ferrures de l'époque. Jetons en ébène et en ivoire. XVIe siècle.

307 — Jeu de dés avec plateau rond et aiguille tournante en fer découpé. XVIIe siècle.

308 — Grande glace dans un large et beau cadre en bois sculpté, composé d'enroulements et de figures d'enfants satyres. École de Brustolone. Collection de Mme la duchesse de Berry.

309 — Deux autres grandes glaces en largeur avec cadres en bois sculpté à rinceaux, groupes de fruits et oiseaux. Travail vénitien.

310 — Fauteuil à dossier droit élevé, en bois sculpté, à ornements de style gothique, découpés à jour, et garni en cuir. On a gravé sur la traverse inférieure le monogramme d'Albert Durer.

311 — Petit coffret en bois noir garni d'étoffe brodée sur chacune de ses faces. Travail vénitien.

312 — Deux très-grands fauteuils en bois de fer sculpté, garnis en velours rouge. Travail des Colonies portugaises.

313 — Joli cabinet en bois d'ébène, présentant à l'intérieur la façade d'un monument enrichi d'incrustations de pierres diverses, de colonnettes de marbre et de figurines en bronze doré. Les portes offrent à l'intérieur des peintures sur marbre représentant des personnages debout en riches costumes du temps de Louis XIII. Table-support de mêmes style et travail.

314 — Petit meuble-cabinet en marqueterie de bois de couleurs, représentant des monuments et des ornements à rinceaux. Chacun des tiroirs est enrichi de fines sculptures sur bois, à fleurs et ornements. L'un des tiroirs offre la figure de sainte Élisabeth debout.

315 — Charmant petit meuble-cabinet entièrement en ivoire,
et enrichi à l'intérieur de jolies peintures sur émail, représentant des sujets mythologiques. Époque Louis XIII.

316 — Jolie table à ouvrage, formant bureau et toilette, en
forme de cœur, en marqueterie de bois à fleurs sur fond
bois de rose et garni de bronze doré. Époque Louis XV.

317 — Grande étagère destinée à être suspendue, en bois
sculpté, enrichie de colonnettes et surmontée d'un fronton sculpté, à rinceaux, et découpé à jour.

318 — Coffret à couvercle en toit en bois incrusté de plaques
d'étain, gravé et garni en fer.

319 — Deux petites glaces appliques à bordure en glace,
gravées et dorées; les branches sont en fer et cuivre
doré.

320 — Coffret du XVIIᵉ siècle en bois noir docoré d'arabesques d'or, et garni de plaques de verre taillé à bi-
seaux.

321 — Grande et belle commode à deux rangs de tiroirs en
marqueterie de bois à fleurs, sur fond bois de rose et richement garnie de bronzes dorés. Époque Louis XV.

322 — Joli cabinet fermant à deux portes, en bois d'ébéne,
incrusté d'ivoire, gravé à figures, sujets de chasse et ornements. Travail italien du XVIᵉ siècle.

323 — Coffret carré en marqueterie de bois à sujets de

chasse, garni d'ornements en cuivre découpé à jour et argenté.

324 — Petite glace à fronton, modèle Louis XIII avec cadre en bois noir garni d'appliques en cuivre repoussé.

325 — Grande torchère en bois sculpté formée d'une figure d'Hercule terrassant l'Hydre. Travail italien.

326 — Très-grande console en bois sculpté, composée de rinceaux et supportée par une figure d'homme accroupi dont les bras et les jambes se terminent par de larges feuilles. Travail italien.

327 — Cabinet en bois sculpté à cariatide et figures. Travail flamand.

328 — Fauteuil à dossier très-élevé, en bois sculpté à cariatides et ornements. dans le style de la Renaissance.

329 — Étagère d'angle en bois sculpté, disposée pour recevoir quantité d'objets.

330 — Miroir ovale avec cadre en bois sculpté, composé de groupes de fruit, et de fleurs. Beau travail. Collection de Mme la duchesse de Berry.

Tapisseries

331 — Très-beau tableau en tapisserie, laine, soie et or, représentant la chaste Suzanne, d'après Raphaël, par Ar-

nould *Van Beest*, célèbre artiste flamand, qui séjourna longtemps en Allemagne. (Signé de son monogramme.)

Cette belle tapisserie provient de la collection du prince Eugène, vice-roi d'Italie, duc de Leuchtenberg, et fut vendue lors du transfert de la galerie Leuchtenberg de Munich à Saint-Pétersbourg.

332 — Quatre grandes tapisseries, représentant des sujets mythologiques; riches bordures à fleurs, médaillons et figures de génies en grisaille.

Haut., 3 m. 35 cent.; larg., 3 m. 75 cent., 3 m. 80 cent., 4 m. 45 cent.

333 — Deux grandes et très-belles tapisseries des Gobelins, représentant des sujets de style oriental dans des paysages enrichis de monuments. L'une d'elles est signée *Vernansal*.

Haut., 3 m. 10 cent. et 3 m. 55 cent.; larg., 4 m. et 4 m. 50 cent.

334 — Trois portières en étoffe orientale à ornements et fleurs en relief, rehaussées de parties tissées en fin et sur fonds variés; violet, gris et rouge.

Haut., 1 m. 78 cent.; larg., 1 m. 18 cent.

335 — Trois morceaux de drap vert, brodés à ornements de couleurs. Travail oriental.

346 — Grand tapis carré, brodé en soies de couleurs à fleurs et larges rinceaux de couleurs sur fond blanc. Travail vé-

nitien du temps de Louis XIII. Collection de madame la
duchesse de Berry.

Haut., 2 m. 50 cent.; larg., 2 m.

337 — Autre tapis brodé à quadrilles en couleurs et bouquets
de fleurs aux angles. Collection de madame la comtesse
Berthold.

Long., 2 m. 65 cent.; larg., 2 m. 45 cent.

338 — Très-grand tapis long, à rosaces alternées rouge et
vert brodées en soies, et bordure à entrelacs de couleurs
sur fond blanc. Collection de madame la duchesse de
Berry.

Long., 5 m. 15 cent.; larg., 2 m. 75 cent.